LES PETITS VÉTÉRINAIRES

MASCARADE

L'autrice

Laurie Halse Anderson est une autrice américaine qui a publié plus d'une trentaine de romans pour la jeunesse et remporté de nombreux prix, dont l'Edwards Award et le National Book Award.

Dans la même collection

1. *Chiots en danger*
2. *Sans abri*
3. *Une seconde chance*
4. *Sauvetage*
5. *Un ami pour la vie*
6. *Pris au piège*
7. *Une leçon de courage*
8. *Chasse interdite*
9. *Un obstacle de taille*
10. *À tire-d'aile*
11. *Mascarade*
12. *Course contre la montre*
13. *Un nouveau départ*
14. *Sans défense*
15. *Une vie meilleure*
16. *Abandonnés*
17. *Oubliés !*
18. *Un apprentissage difficile*
19. *Urgences*
20. *Tempête à la clinique*
21. *Toutes griffes dehors*
22. *Coup de chaud !*
23. *Une aide précieuse*
24. *Des vacances sous tension*

Laurie Halse Anderson

LES PETITS VÉTÉRINAIRES

MASCARADE

Traduit de l'anglais (États-Unis)
par Sophie Dieuaide

POCKET JEUNESSE
PKJ·

À Suzanne Weyn

Titre original :
Vet Volunteers
11. Masks

Publié pour la première fois aux États-Unis en 2002
par Pleasant Company Publications, puis en 2007
par Penguin Young Readers Group.

Loi n° 49-956 du 16 juillet 1949 sur les publications
destinées à la jeunesse : septembre 2012.

ISBN 978-2-266-22183-2

Dépôt légal : septembre 2012

Salut !

Quand j'étais petite, je vivais dans le nord de l'État de New York. Pour Halloween, il me fallait un déguisement assez large pour recouvrir ma grosse doudoune. Il y avait souvent de la neige à cette période de l'année. J'adorais ce moment. Le vent faisait grincer les branches, et des fantômes et des lutins se cachaient partout dans les buissons. C'était délicieusement effrayant !

Mais savez-vous que la fête d'Halloween peut être dangereuse pour les animaux ? Avant de sortir, vérifiez qu'ils sont bien en sécurité chez vous. Trop de gens pensent en effet que c'est l'occasion idéale pour leur jouer de mauvais tours. C'est idiot et cruel ! Si vous en êtes les témoins, prévenez immédiatement vos parents ou un autre adulte.

Sur un ton plus léger, n'oubliez pas de célébrer Halloween en donnant une petite friandise à vos animaux. Vous pouvez également décorer leur niche, leur cage… Les vôtres, je ne sais pas, mais les miens adorent les histoires de fantômes !

Bouh !

Laurie Halse Anderson

CHAPITRE 1

— Déguisée en tigre, tu seras géniale, Clara ! s'écrie Sophie.

Nous avons déballé tout notre matériel de travaux manuels sur la table de la cuisine. Il ne nous reste qu'une semaine pour préparer Halloween. Il est donc temps de commencer nos costumes ! Cette année, la soirée aura lieu dans la salle des fêtes d'Ambler.

— C'est la couleur idéale pour tes grands yeux noirs !

Quand Sophie se lance dans un projet, c'est à fond. Elle me fait penser à un bouledogue : joueuse, drôle et incroyablement têtue. Quand elle plante ses crocs quelque part, impossible de lui faire lâcher prise !

Elle m'imagine déjà dans mon costume.

— Le problème, dit-elle, c'est qu'on n'a jamais vu un tigre aux cheveux noirs ! Il faudrait que je te fasse aussi une cagoule en fourrure...

Je suis flattée, quoiqu'un peu surprise. Le tigre n'est vraiment pas l'animal qui me ressemble le plus ! Il est aussi fort et féroce que je suis timide et craintive.

En revanche, ça colle parfaitement avec ma passion, les chats ! J'aime beaucoup de choses : les ordinateurs, les jeux vidéo, la danse classique, la lecture (surtout sur les animaux) et ma collection de statues de Ganesh, le dieu hindou à tête d'éléphant. Mais j'aime par-dessus tout les chats ! Les chats domestiques, les chats sauvages, les petits, les grands, tous les chats...

J'ai un autre point commun avec le tigre : l'Inde, le pays de mes parents. Ils sont médecins et vivent aux États-Unis depuis très longtemps, mais nous sommes restés très proches de notre culture indienne.

David Brack et Isabelle Rémy nous rejoignent comme prévu. Isabelle a apporté un autre sac de matériel, qu'elle vide sur la table.

— Est-ce que tu te déguises en cheval, David ?

Je lui pose la question car tout le monde sait qu'il est fou de chevaux.

— Ah, non ! Je préfère jouer les vampires, Clara ! Rien que pour te sucer le sang...

— Dis plutôt que tu es incapable de fabriquer un masque de cheval ! se moque Isabelle. Et toi, Sophie ? En quoi te déguises-tu ?

— En vétérinaire, bien sûr ! Pas besoin de fabriquer quoi que ce soit, je prendrai un masque chirurgical à la clinique. Grand-mère en a plein ses tiroirs.

— C'est trop facile ! proteste Isabelle. Moi, j'ai envie de quelque chose de plus original. Je pensais à une licorne, mais c'est peut-être un peu ridicule. Il faut que je réfléchisse...

Le docteur Macore entre dans la cuisine. Elle passe la main dans ses cheveux courts en voyant tout ce qui est posé sur la table : papier crépon, ficelle, colle, pelotes de laine, feutres, perles, boutons, tubes de peinture et pinceaux !

— Mon Dieu ! Dans quel projet pharaonique vous êtes-vous encore lancés ?

Le docteur Hélène Macore, alias Doc'Mac, est une vétérinaire extraordinaire. Elle habite une grande maison de brique avec sa petite-fille Sophie. Elles vivent entourées d'animaux. Il y a leur chat Socrate, leur chien Sherlock Holmes, mais aussi des patients de toutes les espèces. Sa clinique vétérinaire jouxte leur maison. Elle s'occupe de tous les animaux qui passent sa porte, qu'ils soient apprivoisés, sauvages ou abandonnés.

Je suis bénévole ici avec David, Sophie et Isabelle. J'adore travailler à la clinique et je rêve de devenir vétérinaire.

— On prépare nos masques pour Halloween, lui explique Sophie. Tu veux de l'aide, grand-mère ?

Doc'Mac secoue la tête.

— Non, pour l'instant, la matinée est plutôt calme. Si j'ai besoin d'un coup de main, je vous appellerai !

Et elle repart aussitôt travailler.

— Devinez qui j'ai aperçu pour la première fois ce matin ? lance Isabelle. La femme qui a racheté la grange transformée en maison au bout de la rue ! Elle était habillée tout en noir. Avec ses mèches grises, on dirait une sorcière.

— Est-ce qu'elle a des enfants ?

Sophie hausse les épaules.

— Je ne sais pas… Grand-mère dit que c'était une artiste ou quelque chose comme ça. Moi, quand je l'ai vue, elle sortait un gros chaudron noir de son break !

— Waouh ! Alors, c'est sûr, c'est une sorcière ! s'exclame David. Cool ! Pile pour Halloween ! Je la vois d'ici penchée sur son chaudron… Hocus pocus et abracadabra !

Pendant qu'il fait semblant de touiller une potion magique dans une marmite imaginaire, un chat noir fait son entrée. C'est ma chatte, Mitaines. Je l'ai trouvée près de la clinique, elle était abandonnée. Comme elle a une grande tâche blanche sur la poitrine, on dirait qu'elle est en smoking ! Je l'ai emmenée avec moi ce matin car des ouvriers font des travaux chez nous. Elle était effrayée par les coups de marteau.

Mitaines saute sur la table pour réclamer une caresse.

— Salut, ma belle !

— Et si on allait voir la sorcière ? propose David. Tu viens avec moi, Clara ?

— Oh, arrête ! Tu ne crois quand même pas que c'en est une ?

Il regarde partout autour de nous et répond d'une voix mystérieuse :

— Qui sait ? À Halloween, tout est possible…

— Moi, je crois qu'elles existent, dit Isabelle. Tant de gens y croient depuis la nuit des temps, ils ne peuvent pas tous avoir tort !

J'éclate de rire. Que les gens y croient n'est pas une preuve. Longtemps, ils ont pensé aussi que la

Terre était plate et que le Soleil tournait autour de la Terre !

— On m'a raconté une histoire, reprend David. Pendant le procès des sorcières de Salem, une femme a été condamnée à la pendaison pour acte de sorcellerie. Eh bien, au moment où le bourreau lui a passé la corde autour du cou, elle a jeté sur la foule une terrible malédiction : elle a juré qu'elle danserait sur leurs tombes ! Depuis, chaque année, à l'anniversaire de sa mort, des traces de pas apparaissent sur les tombes de ceux qui étaient présents le jour de son supplice. Et celui qui essaie d'effacer les traces a les mains couvertes de sang !

Isabelle et Sophie poussent un cri. Moi, je lève les yeux au ciel. Les fantômes font de jolies histoires pour Halloween, mais ils n'existent pas. Je ne crois qu'aux preuves scientifiques !

Mitaines s'amuse avec nos feutres, elle en fait rouler un sous la table. Le temps que je le ramasse, elle mâchouille déjà un bouton !

— O.K., tu as envie de jouer. J'ai compris le message.

Je choisis un joli fil de laine orange et je l'agite sous son museau.

— Attrape, ma belle !

Dressée sur ses pattes arrière, Mitaines donne en vain des petits coups de griffes.

— Allez, tu peux l'avoir !

Je baisse un peu le bras et elle bondit comme une lionne en train de chasser dans la savane.

— Bien joué, tu es la meilleure !

Je caresse sa fourrure soyeuse, je ne m'en lasse pas. J'ai eu beaucoup de mal à convaincre ma mère d'adopter un chat. Elle leur reprochait de griffer les meubles et surtout de perdre leurs poils. Quand elle a enfin accepté Mitaines, c'était le plus beau jour de ma vie ! Il n'y a pas de chat plus affectueux.

David a découpé la forme d'un visage dans un morceau de carton blanc. Il fait deux trous pour les yeux, puis une fente pour la bouche.

— Je voulais dessiner les dents de vampire, mais je pense que ce sera encore plus impressionnant en pâte à modeler !

Soudain, il y a un énorme bruit à l'extérieur, comme si quelque chose de très lourd venait de tomber. Puis on entend les cris stridents d'un animal.

— Ça, c'est un chat ! dis-je. Un chat très en colère !

Nous nous levons aussitôt. Je suis la première à la porte. Mais je n'ai pas le temps de mettre un pied dehors, Sophie me tire brusquement en arrière.

— Attention, Clara !

Une silhouette noire vient de passer à toute vitesse devant moi…

CHAPITRE 2

— Clara, il est là-bas ! me crie David. C'est un chat noir !

Je l'aperçois quelques secondes puis il disparaît dans les buissons.

— Un chat noir, ça porte malheur, chuchote Sophie d'une voix lugubre.

On dirait qu'elle y croit…

— Mais oui, bien sûr, Sophie ! Bien sûr !

Une fois dans le jardin, je comprends pourquoi nous avons entendu autant de bruit : la poubelle a roulé dans l'allée. Au même instant, je perçois une odeur familière, et tous ensemble on s'écrie : « Un putois ! »

Comme s'il avait cru qu'on l'appelait, l'animal sort la tête de la poubelle.

— Qu'il est mignon ! s'extasie Sophie.

Et c'est vrai. Il est puant, mais mignon. Son épouvantable odeur est en fait un mécanisme de défense. Il a dû la produire par réflexe quand il a eu peur du chat ou du bruit de la poubelle.

Isabelle se pince le nez.

— Ça empeste ! dit-elle. Mais qu'est-ce qu'il fait là ?

— Les putois vivent la nuit, lui explique Sophie. Je suppose qu'il cherchait simplement de la nourriture. Il a dû tomber dans la poubelle, rester coincer et s'endormir. Et le chat l'a réveillé !

Pauvre minou ! Ses maîtres devront le laver plusieurs fois avant de le débarrasser de cette puanteur. Alors je réalise que si lui aussi cherchait de quoi manger, c'est sans doute qu'il est abandonné. Et s'il n'a pas de maîtres, il n'a aucune chance de se débarrasser de l'odeur du putois !

— Ce chat est parti comme une flèche, dit David. Il ne devait pas s'attendre à trouver un locataire dans la poubelle !

Après quelques pas hésitants, le putois avance tranquillement vers un bosquet d'arbres.

— Allez, on rentre ! décide Isabelle en se bouchant toujours le nez.

Nous la suivons dans la cuisine, mais je pense encore au chat.

— Est-ce que vous aviez déjà remarqué ce chat noir dans le quartier ?

— Jamais, dit Isabelle.

David éclate de rire.

— En tout cas, la prochaine fois qu'il approchera, on le sentira arriver !

Sophie fronce les sourcils avec un air énigmatique.

— Ça ne vous paraît pas étrange qu'un chat noir apparaisse au moment même où une sorcière emménage dans le voisinage ?

— Une sorcière et son mystérieux chat noir..., continue David.

— Arrêtez la parano ! Vous êtes vraiment passés en mode Halloween !

— Crois ce que tu veux, Clara, me répond Sophie en reprenant sa paire de ciseaux. Moi, je trouve ça étrange.

Est-ce qu'elle imagine vraiment qu'une sorcière, avec son chat noir et son chaudron, s'est installée au bout de la rue ?

— J'irai voir cette femme ! ajoute Sophie. Et là, je saurai si c'est réellement une sorcière !

David pouffe.

— Comment en auras-tu la certitude ? Tu crois qu'elle se balade chez elle en cape noire et chapeau pointu ?

— Non, mais je la regarderai droit dans les yeux, répond Sophie, sûre d'elle. Je comprends beaucoup de choses en regardant les gens dans les yeux...

— Et si tu sortais ton télescope ? dis-je en rigolant. Avec un peu de chance, tu pourrais la voir cette nuit passer devant la lune sur son balai !

Sophie lève les yeux au ciel.

— Ha ! Ha ! Ha ! Très drôle !

Mitaines est toujours sur la table. Je lui chuchote :

— Tu as raté toute l'action, ma belle !

Je jette un œil à la pendule et m'aperçois qu'il est temps pour nous de rentrer à la maison. J'attrape ma chatte et je salue mes amis.

— À samedi !

Demain, je ne pourrai pas venir, je dois m'occuper de mon petit frère Anil et de ma petite sœur Jasmine. Ils n'ont que cinq ans et ils sont jumeaux.

— Fais gaffe aux sorcières ! me crie David alors que je me dirige vers la porte.

Mais oui, bien sûr, les sorcières... tu m'en diras tant !

En m'éveillant samedi, je tends la main pour caresser Mitaines. Elle dort toujours à côté de mon oreiller, mais, ce matin, elle n'est pas là !

— Mitaines ? Où es-tu, Mitaines ?

Pas de réponse. C'est vraiment bizarre, elle est toujours affamée à cette heure-ci. Elle attend avec impatience que je m'occupe d'elle. Souvent même, elle me réveille en ronronnant et elle me pétrit l'épaule avec ses petites pattes.

Aussitôt levée et habillée, je pars à sa recherche. Où peut-elle bien se cacher ?

Soudain, j'entends un très faible miaulement... Ça vient de mon armoire ! Je la retrouve au fond, roulée en boule, et je vois tout de suite qu'elle a vomi à plusieurs endroits. Son abdomen se contracte d'un coup et elle essaie encore de vomir. Elle n'essaie même pas de s'approcher de moi.

— Maman ! Maman !

Cela ne sert à rien que je l'appelle. Ma mère doit déjà être à l'hôpital. Et papa n'est pas là non plus car, le samedi matin, il emmène les jumeaux à la bibliothèque.

Je n'ai qu'une seule chose à faire : prendre une couverture et envelopper Mitaines pour l'installer dans le panier de mon vélo. Pour plus de sécurité, je referme le couvercle.

— Tiens bon, ma belle ! Dans quelques minutes, on sera chez Doc'Mac !

CHAPITRE 3

Je fais irruption dans la cuisine de la clinique vétérinaire. Doc'Mac est en train de chercher quelque chose dans un placard.

— Qu'est-ce qui t'arrive, Clara ?

— C'est Mitaines ! Elle a beaucoup vomi et elle ne veut pas bouger !

Je suis tellement inquiète que je tremble.

Doc'Mac nous conduit tout de suite en salle d'examen. Quand je sors Mitaines de la couverture, elle reste recroquevillée. Doc'Mac palpe son abdomen. Mitaines grogne et se met à cracher.

— Je dois lui faire une radio, Clara. Mais avant, il faut que je lui administre un sédatif. Elle est trop agitée et j'ai besoin d'une image nette.

— Mais qu'est-ce qu'elle a, Doc'Mac ?

— Je ne sais pas, j'espère que la radio nous le dira…

En salle de radiologie, Doc'Mac me donne des gants et un tablier de plomb pour me protéger des rayons nocifs.

— Commence par installer Mitaines sur le flanc, me demande-t-elle, puis étends ses pattes arrière. Nous prendrons aussi un cliché en l'allongeant sur le dos.

Je fais exactement ce qu'elle me dit. Le calmant fait déjà effet. Doc'Mac entre dans la cabine à côté de la machine. Elle appuie sur des boutons, cela ne dure que quelques instants.

De retour en salle d'examen avec Mitaines, j'attends que Doc'Mac ait développé les clichés. Isabelle, David et Sophie sont venus me rejoindre dès qu'ils ont su que j'étais là.

— Elle va vite guérir ! dit Isabelle pour me rassurer. Le docteur Macore ne laissera rien de grave lui arriver.

Je sais bien que ma chatte va recevoir le meilleur traitement possible, mais je ne peux pas être certaine que tout se passera bien. Je travaille à la clinique depuis assez longtemps pour savoir que certaines maladies ne peuvent pas être soignées.

Doc'Mac revient avec les radios et les accroche sur le tableau lumineux.

— Tout semble normal, sauf ses intestins. Ils se sont rétractés. Il va falloir l'opérer. Est-ce que Mitaines aurait pu avaler de la ficelle ces derniers jours ?

— Oui ! De la laine !

Les larmes me montent aux yeux.

— Elle a dû manger la laine de mon masque de tigre !

Je me sens affreusement coupable. Je sais pourtant que les chats ne doivent pas jouer sans surveillance avec de la laine ou de la ficelle. Je le sais... Mais quand ce chat errant a renversé la poubelle, je me suis laissé distraire. J'ai beau faire de mon mieux pour me contrôler, je n'arrive pas à m'empêcher de pleurer. Comme un bébé ! Cela ne sert à rien de réagir de cette façon-là dans une situation d'urgence !

Sophie pose sa main sur mon épaule et Doc'Mac me parle doucement :

— Ne panique pas, Clara. Essaie de rester calme...

Je n'arrive pas à croire ce qui se passe. Je voudrais me réveiller et découvrir que c'est juste un cauchemar. Comment ai-je pu si mal m'occuper de Mitaines alors qu'elle me fait confiance ?

— Il ne faut pas t'en vouloir, dit Doc'Mac. Ce sont des choses qui arrivent, Clara.

Oui, des choses qui arrivent à des personnes irresponsables qui ne devraient pas avoir d'animaux.

— Doc'Mac, est-ce que je peux vous aider pendant l'opération ?

— Tu n'es pas obligée, Clara. Es-tu bien certaine de le vouloir ?

— Oh, oui, j'en suis sûre !

Cette fois, il faut que je sois là pour elle. Mitaines comptait sur moi et j'ai trahi sa confiance. Ça ne se produira plus jamais !

Quand je rentre dans la salle d'opération en tenue stérile, je vois Mitaines inconsciente sur la table de chirurgie. J'ai du mal à respirer, mes mains tremblent. Elle semble… morte ! Tout tourne autour de moi. Je vacille et je me rattrape à un tabouret.

— Tiens bon, me dit Doc'Mac, elle est seulement anesthésiée. Assieds-toi et respire profondément…

Après quelques minutes, je me lève. Le docteur Macore a rasé le ventre de Mitaines et la badigeonne maintenant d'antiseptique orange.

Comme Sophie nous a rejointes, Doc'Mac propose qu'elle prenne ma place.

— Non, non ! Ça va mieux. Je peux vous aider.

Doc'Mac accepte d'un signe de tête et met Mitaines sous perfusion. Elle a besoin d'être hydratée pendant l'opération.

— Je lui donne aussi des antibiotiques, dit Doc'Mac.

Je prépare les instruments de chirurgie comme je l'ai fait si souvent.

Sophie contrôle l'anesthésie et vérifie les constantes de Mitaines. Doc'Mac tend la main droite.

— Scalpel !

Je le pose fermement dans sa main ouverte, comme elle nous l'a appris. Enfin, j'essaie... Je tremble encore un peu. J'ai peur que Doc'Mac ne me demande de quitter la salle, mais elle ne dit rien. Elle ne s'occupe que de Mitaines.

Je l'ai déjà observée faire ces gestes sur beaucoup d'animaux, mais là, je détourne parfois les yeux. Doc'Mac incise par petites pressions l'intestin de Mitaines et commence à voir le morceau de laine. Il lui faut trois quarts d'heure pour le retirer entièrement, puis une demi-heure pour recoudre l'intestin et suturer le ventre.

— J'ai fini, annonce-t-elle.

Il y a plein de petits bouts de laine posés à côté d'elle sur une serviette blanche.

— J'ai retiré toute la laine, Clara, mais je crains que Mitaines ne soit pas sortie d'affaire pour autant.

— Qu'est-ce qui peut lui arriver ?

— Son intestin est un peu déchiré. Les bactéries qu'il contient peuvent s'en échapper. Mitaines risque donc une infection qu'on appelle une péritonite. Pour l'instant, nous ne pouvons qu'attendre et observer.

Moi, en voyant toute cette laine, je croyais qu'elle était sauvée ! Maintenant, j'ai de nouveau très peur pour elle.

— Cette péritonite, c'est... ?

— ... grave, répond Doc'Mac à la question que je n'ai pas réussi à poser entièrement. Je dois aussi te dire que cela peut être fatal.

Je fais tout ce que je peux pour ne pas pleurer.

Doc'Mac se penche vers moi.

— Clara, ne t'affole pas. Cela va probablement très bien se passer, mais je tiens à être parfaitement honnête avec toi. Il peut y avoir des complications.

— J'ai compris, docteur...

— Bien. Mitaines va dormir encore quelques heures, tu peux donc partir si tu as autre chose à faire.

— Merci, mais je veux absolument être là quand elle se réveillera !

Le soleil se reflète dans une fenêtre de l'étage. Quelque chose bouge là-haut. J'ai l'impression désagréable qu'on m'observe. D'un coup de pédale, je repars aussitôt.

CHAPITRE 4

— Clara est rentrée ! crie Anil dès que je passe la porte de la maison.

Jasmine descend l'escalier à toute vitesse.

— Clara ! Clara ! Tu veux jouer aux Barbies avec moi ?

C'est bien la dernière chose dont j'ai envie en ce moment…

— Plus tard, d'accord ?

— Alors tu peux nous lire une histoire ? insiste Anil en me tendant plusieurs livres.

— Plus tard, c'est promis. Pourquoi n'iriez-vous pas regarder un peu la télévision tous les deux, hein ?

Jasmine semble déçue.

— Mais on est déjà restés devant tout l'après-midi !

Ma mère travaille encore à l'hôpital et mon père doit être enfermé dans son bureau comme d'habitude.

Je me dirige vers la cuisine. C'est par réflexe car je n'ai pas du tout faim. J'ouvre le réfrigérateur, je jette un œil à l'intérieur et je le referme aussitôt. En me retournant, je vois mon père occupé à se découper une part de gâteau.

Il fronce les sourcils.

— Tu fais une de ces têtes, Clara…

Je me laisse tomber sur une chaise et je lui raconte tout ce qui est arrivé à Mitaines. Il pose son assiette pour mieux m'écouter.

— Je me sens tellement mal, papa. Je croyais que j'étais capable de bien m'occuper des animaux. Et ce n'est malheureusement pas le cas !

Il croise les bras et m'observe. Est-ce que je le déçois ? J'espère qu'il ne va pas me dire que je n'y suis pour rien ! Car je sais que c'est MA faute. Qui d'autre est responsable de Mitaines ?

— Essaie de ne pas trop t'inquiéter, me dit mon père. Le docteur Macore est très compétente. Ce qui t'arrive est peut-être un signe. Le signe qu'il est temps de changer !

Je ne comprends pas ce qu'il veut dire.

— Qu'est-ce que tu veux que je change, papa ?

— Tu peux aider les animaux en faisant autre chose que travailler à la clinique vétérinaire. Un confrère m'a demandé si tu souhaiterais faire un stage dans son laboratoire.

— Qu'est-ce qu'ils y font exactement ?

— Ils créent des médicaments pour les animaux.

Si j'accepte, j'aurai moins de temps pour aider à la clinique, mais au moins je ne risquerai pas de mettre les patients en danger avec mes étourderies !

— Alors ? Qu'est-ce que tu en penses ? insiste mon père.

— Je suis d'accord pour essayer !

Il sourit et se lève.

— Dans ce cas, je vais tout de suite appeler mon ami le docteur Green. Attends-moi, ne bouge pas !

Quelques minutes plus tard, il revient tout joyeux.

— Clara, tu commences dès mardi. Je suis certain que cela va beaucoup te plaire. Moi aussi, quand j'étais jeune, j'ai passé tout un été dans un labo de recherche. J'ai trouvé ça formidable !

Et il est persuadé que ce sera la même chose pour moi.

Dès qu'il retourne dans son bureau, Jasmine fait irruption dans la cuisine.

— Clara, pourquoi on ne joue pas aux Barbies ?

— Plus tard, Jasmine.

— Mais c'est maintenant *plus tard* !

Anil entre à son tour, une pile de livres dans les bras.

— Est-ce que maintenant c'est *plus tard*, Clara ?

— Non ! répond Jasmine. *Plus tard*, c'est quand elle jouera aux Barbies avec moi !

— N'importe quoi ! crie Anil. Plus tard, c'est quand elle lira mes livres !

Je crois que si je reste à les écouter une minute de plus, je vais devenir folle. Je profite de leurs chamailleries pour sortir discrètement dans le jardin ; ils ne le remarquent même pas !

Quelque chose de noir vient de se glisser sous les chaises longues. En approchant, je vois que c'est un chat.

J'avance lentement. Au premier geste brusque de ma part, il se sauvera ! C'est peut-être celui que j'ai vu dans le jardin de Doc'Mac… À un mètre, j'en suis certaine. L'odeur du putois ! C'est lui !

Ses grands yeux verts m'observent de dessous la chaise. Je sens qu'il hésite entre s'enfuir à toute vitesse et venir quémander une caresse. J'approche encore un peu.

Ce chat est extraordinaire. Il n'a pas de queue mais d'énormes pattes. Je connais cette race... un cymric ! Il lui manque aussi un petit bout d'oreille gauche, sans doute perdu dans une bagarre.

Sa fourrure épaisse est dégoûtante, ses poils complètement collés. C'est inquiétant. Il est trop sale pour pouvoir se laver seul. Il va commencer à se gratter et cela provoquera des infections.

Je m'accroupis et le regarde droit dans les yeux. Doc'Mac dit que cela lui indique qu'on ne lui veut pas de mal.

Le chat me fixe, les yeux écarquillés et les oreilles aplaties vers l'arrière. Il a peur. Et il a sans doute raison de se méfier de tout. Particulièrement à l'approche d'Halloween ! À cette période, il vaut mieux garder ses chats chez soi car d'horribles personnes s'amusent à leur faire du mal. Si Mitaines était perdue, j'aimerais que quelqu'un la protège.

Ma mère n'acceptera jamais que je ramène un chat errant à la maison, mais Doc'Mac devrait pouvoir l'accueillir au moins jusqu'à ce qu'Halloween soit passée.

— Approche, minet...

Je lui parle de ma voix la plus douce.

— Tu as faim ? Viens avec moi, je peux te donner à manger ! Je peux même t'aider à te nettoyer !

Je tends la main. Dommage que je n'aie pas de nourriture sur moi pour l'attirer.

Il fait quelques pas hésitants.

— Viens, minet… Viens…

Il s'arrête, puis s'approche encore. Il est presque à ma portée.

Tout à coup, la porte de la cuisine claque. Anil et Jasmine s'élancent dans le jardin.

Le chat fait un bond en arrière et, en un éclair, disparaît.

CHAPITRE 5

Pas facile de pister un chat noir quand la nuit tombe… Il va et vient derrière les arbres. Il s'arrête, jette un regard vers moi et puis repart. Je finis par perdre complètement sa trace.

Très déçue, je retourne vers la maison. Au loin, j'entends ma mère appeler les jumeaux pour qu'ils rentrent. Si elle est revenue de l'hôpital, c'est qu'il est plus de 18 heures.

Où ce chat va-t-il dormir cette nuit ? Est-ce qu'il est capable d'attraper quelque chose pour dîner avec cette odeur de putois ?

Dans la cuisine, ma mère s'apprête à mettre un poulet au four.

— Ah, te voilà, Clara ! Il fait nuit, je commençais à m'inquiéter.

— Excuse-moi, j'ai vu un chat cymric dans le jardin. J'essayais de l'attraper.

Maman rit doucement.

— Oh, toi et tes chats ! J'aurais dû le deviner. Ton père m'a raconté les malheurs de Mitaines. Comment te sens-tu après cette dure journée ?

— Ça va, mais je ne suis pas encore tout à fait rassurée.

— Avec le docteur Macore, elle ne peut que guérir, me réconforte maman.

J'aimerais être aussi confiante qu'elle.

— Ton père m'a dit que tu acceptais ce stage au laboratoire AVM. Je suis ravie mais surprise. Te rends-tu compte du temps que cela va te prendre ? Tu vas peut-être devoir arrêter d'être bénévole à la clinique vétérinaire. Nous ne voulons pas que tes notes en pâtissent.

J'hésite, puis je me décide à lui dire ce que je pense vraiment.

— Tu sais, maman, je me demande si je suis faite pour travailler avec les animaux. J'aurais dû faire plus attention à Mitaines. Je n'aurais jamais dû la laisser seule avec de la laine.

— Ce n'est pas ta faute, ma chérie. Les chats font toutes sortes de bêtises.

Le téléphone sonne et Jasmine surgit dans la cuisine en brandissant le combiné.

— C'est pour toi, Clara ! C'est Sophie !

— Merci, Jasmine. (Je me dirige vers le salon pour trouver un peu de calme.) Allô, Sophie ?

— J'ai une super nouvelle ! s'exclame-t-elle.

— À propos de Mitaines ?

— Non, désolée, grand-mère la surveille toujours. Il s'agit de tout autre chose. Écoute ça ! Grand-mère avait raison : la nouvelle voisine est une artiste ! Et elle propose un atelier de création de masques. Quatre cours cette semaine pour seulement vingt dollars ! Grand-mère a dit que je pouvais m'inscrire et la mère d'Isabelle est elle aussi d'accord. Alors, je nous ai tous inscrits ! Tu peux venir ?

— Attends une seconde, je vais demander la permission...

Maman est d'accord car il n'y a que quatre séances.

— Génial ! s'écrie Sophie dès que je lui donne ma réponse. Le premier cours est lundi à 16 h 30. Tu te rends compte ? On va enfin entrer dans sa maison, et savoir s'il y a des potions magiques et des chaudrons !

— Ne sois pas ridicule, Sophie. Les sorcières n'existent pas !

— Oui, oui, c'est ça…, chuchote Sophie. Mais ce sera quand même sympa d'aller explorer chez elle !

Je repense au chat noir. Je me demande s'il appartient à cette femme. Être le chat d'une sorcière, ce serait déjà mieux que le chat de personne…

CHAPITRE 6

Lundi matin, avant le collège, je vais à vélo voir Mitaines. Elle était encore faible hier quand je lui ai rendu visite. Je suis inquiète qu'elle ne guérisse pas plus vite.

— Je ne trouve pas cela normal non plus, reconnaît Doc'Mac. Elle devrait déjà être remise de l'opération. Et sa température est beaucoup trop élevée.

Je me rends dans la salle de convalescence. J'ouvre la cage et je caresse Mitaines jusqu'à ce qu'elle se rendorme.

Après le collège, je retrouve Sophie, Isabelle et David à la clinique. Nous avons prévu d'aller ensemble à notre premier cours de création de masques.

— Je ne vais pas pouvoir vous accompagner, dis-je. Je dois rester avec Mitaines.

— Son état est stable, Clara. Et elle va probablement dormir encore un bout de temps. Alors, vas-y ! me dit Doc'Mac. Si tu restes, elle ne saura même pas que tu es là.

— Tu pourras la voir après le cours, insiste Isabelle. On reviendra tous avec toi.

J'accepte, mais je n'ai pas le cœur à faire des masques. Je n'arrive pas à penser à autre chose qu'à Mitaines.

Même en chemin avec mes amis, je l'imagine allongée seule dans sa cage.

Nous arrivons devant la grange aménagée.

— Soyez attentifs au moindre signe de magie, chuchote Isabelle. Quel stress, moi qui n'ai jamais vu de vraie sorcière !

— Et ce n'est pas pour aujourd'hui ! dis-je assez sèchement.

— Oh, tais-toi, Clara ! proteste Sophie. Ne gâche pas notre plaisir.

Sur la porte, une pancarte indique : « Jeunes artistes de l'atelier masques, entrez sans frapper ! »

Isabelle pousse la porte, qui grince comme dans tous les films avec des maisons hantées !

— Et à part ça, ce n'est pas une sorcière? murmure Isabelle.

— On va bientôt le savoir..., dit David avec une voix effrayante.

Nous traversons une entrée. Elle est sombre. Les plafonds sont très hauts. La pièce principale est séparée de la cuisine par un muret. Deux baies vitrées laissent entrer la lumière orangée du soleil couchant. On aperçoit la forêt derrière la maison. Deux grands fauteuils sont installés devant une cheminée. Quelqu'un a préparé un feu. Autour d'une table en bois, cinq jeunes du collège sont déjà installés.

Mais ce qui attire mon regard, ce sont les masques qui couvrent entièrement le mur près de la table. En argile ou en papier mâché, ils représentent tous des animaux. Un tigre orange avec des rayures violettes soulignées d'or arbore un sourire vraiment étrange. Impossible de dire s'il est amical ou s'il va nous arracher la main d'un seul coup de mâchoires.

— Ces masques sont géniaux! s'exclame Isabelle.

Juste devant moi, il y a une série de chats, à pois, à rayures, de toutes les couleurs... Je les aime tous mais le dernier me fait frissonner. Il est très réaliste. Ce masque est d'ailleurs recouvert de fourrure noire.

— Qu'est-ce que tu as ? me demande Isabelle.

— Regarde celui-là avec ses grands yeux verts... On dirait le chat noir que nous avons vu la semaine dernière.

— Comment tu peux dire qu'il lui ressemble, on ne l'a vu que quelques secondes ? dit David.

— Samedi soir, il était dans mon jardin et j'ai eu le temps de l'observer. Il avait une cicatrice à l'oreille gauche, comme sur le masque ! Je suis certaine que c'est lui...

— Bienvenue à tous !

Une femme vient d'entrer. Elle porte une veste de velours rouge sur une jupe blanche vaporeuse. Son regard se pose tout de suite sur moi. Comme le chat, elle a de très grands yeux verts.

— Nous nous sommes déjà rencontrées, n'est-ce pas ? me demande-t-elle.

— Je... ne pense pas.

— Ah ? J'aurais cru...

Maintenant, je comprends mieux pourquoi mes amis pensent que cette femme est une sorcière. Elle n'est pas laide, mais elle a une incroyable masse de cheveux noirs et gris qui lui tombent sur les épaules.

Elle nous sourit et dit d'une voix grave et mélodieuse :

— Je m'appelle Michaela Griffin. Et je serai votre guide dans le monde mystérieux des masques !

Elle nous montre ensuite des bobines de fil métallique.

— Nous allons d'abord créer l'armature de vos masques puis nous la couvrirons de papier mâché. J'ai choisi ces matériaux car il est facile de corriger les erreurs.

— Nous pourrons les porter à Halloween? demande David.

— Oui, sauf s'il pleut, répond-elle. Mais je vous encourage à considérer votre masque comme une œuvre d'art plutôt que comme un simple déguisement. Les masques peuvent servir à vous dissimuler ou à révéler votre vraie personnalité. Personnellement, je préfère ceux qui nous dévoilent. Ils sont en général plus intéressants!

Très vite, je me retrouve installée à la table. Je suis très concentrée sur mon armature en fil de fer, mais je n'ai pas la moindre idée de ce que cela va donner.

Quelques jours plus tôt, j'aurais choisi de fabriquer un masque de tigre, comme Sophie l'avait proposé. Aujourd'hui, je ne me sens plus si proche de ce grand félin. Quel animal est maladroit, inquiet et confus? Il me ressemblerait davantage! Je cherche, mais je n'en trouve pas un seul qui me corresponde.

— C'est trop sympa à faire ! s'exclame Isabelle.

Elle a commencé un masque de renard. Elle a raison, l'atelier est super. Depuis que je suis arrivée, je n'ai même pas pensé à Mitaines !

Le temps passe très vite, nous sommes déjà à la fin de la séance. Nous avons promis à Michaela de revenir demain.

— Alors ? Qu'avez-vous pensé du cours ? nous demande Sophie.

— Très amusant, répond Isabelle.

— Très cool ! ajoute David. Et Michaela aussi !

Moi, je la trouve agréable, mais assez mystérieuse…

— Et toi, Sophie ? Tu l'as regardée droit dans les yeux. As-tu appris des chooooses ? s'amuse David avec sa voix d'outre-tombe.

— Non, pas encore. Je reconnais qu'il va me falloir un peu plus de temps…

Nous repassons à la clinique. Mitaines relève à peine la tête quand nous approchons de sa cage.

— La pauvre… Elle a le regard si vide, la plaint Isabelle.

Ma chatte se rendort aussitôt et nous ressortons le plus discrètement possible.

À l'accueil, Doc'Mac met à jour ses dossiers.

— L'état de santé de Mitaines n'évolue pas, me dit-elle. Sa fièvre ne baisse pas. Je vais la surveiller de très près, Clara. Je prendrai sa température toutes les heures.

— Merci, Doc'Mac.

— Alors, comment s'est passé votre cours de création de masques ? nous demande-t-elle.

Mes amis sont tous enchantés ; moi, je ne dis rien.

— Je croyais que cela t'avait plu ? s'étonne Sophie.

— Oui, j'ai adoré... mais je ne suis pas sûre de pouvoir y retourner demain. Je commence un stage au laboratoire AVM.

— Tu es folle ? s'écrie Isabelle. Tu ne peux pas travailler pour ces gens-là ! Ils font des tests sur les animaux ! Ne me dis pas que tu ne le savais pas ?

Je savais qu'AVM fabriquait des médicaments pour les animaux, mais je n'avais pas réalisé qu'ils pouvaient aussi les tester

Doc'Mac relève la tête de ses dossiers.

— Attends une minute, Isabelle, dit-elle. Calme-toi, AVM est...

— ... un labo d'assassins ! l'interrompt Isabelle. Un endroit sinistre où ils tuent des animaux !

— Ce n'est pas aussi simple, Isabelle...

— Si ! Pour moi, ça l'est !

— De nouveaux médicaments sont développés par AVM. Cette entreprise a bonne réputation chez les vétérinaires. Ils font un travail important, continue Doc'Mac.

— Sauf qu'on ne demande pas aux cobayes ce qu'ils en pensent ! proteste Isabelle.

Doc'Mac soupire et me regarde.

— Clara, je pense qu'un stage chez AVM sera très intéressant pour toi. Mais j'espère que tu ne cesseras pas pour autant de travailler à la clinique. Tu es tellement merveilleuse avec les animaux !

— Je n'avais pas pensé à tout cela, dis-je. Et j'ai accepté d'y aller dès demain. Je ne crois pas que je pourrai en plus travailler à la clinique pendant mon stage.

Je me dirige vers la porte, il est temps de rentrer chez moi.

— Tu vas détester ce labo ! crie Isabelle dans mon dos.

CHAPITRE 7

Quand j'arrive à la clinique le lendemain matin, Doc'Mac ausculte Mitaines en salle d'examen. Elle a un thermomètre à la main.

— Quarante ! lit-elle. La température normale d'un chat se situe entre 38° et 39°.

Je me précipite pour caresser Mitaines.

— C'est une péritonite ?

— Probablement, soupire Doc'Mac. J'ai ajouté un second antibiotique. J'espère que ce traitement-là sera efficace.

J'aurais voulu qu'elle soit certaine de la guérir, mais elle ne peut pas encore se prononcer. Chaque animal est différent, et chacun réagit à sa façon aux traitements.

Je prends Mitaines dans mes bras. Elle lèche un petit peu ma main.

— Tout va bien, ma belle... Repose-toi, ça ira...

Je le dis, mais je n'arrive plus à y croire.

Mon père vient me chercher au collège. Il charge mon vélo à l'arrière de son break pour que je ne sois pas obligée de revenir le chercher. Nous traversons la ville pour rejoindre le laboratoire AVM. Papa semble très heureux de m'accompagner. Moi, je suis seulement nerveuse.

— Papa ? Isabelle dit qu'au laboratoire ils procèdent à des tests sur les animaux ! Tu crois qu'ils leur font du mal ?

— Non, ils travaillent avec humanité et pour la bonne cause. Tu verras !

À l'accueil, mon père demande à voir le docteur Green. Son ami arrive très vite et lui serre la main.

— Ravi de te voir ! Alors, voici Clara ? demande-t-il en souriant.

Mon père me présente et nous suivons le docteur dans un long couloir. Les murs et la moquette sont gris. Il y a des photos en noir et blanc sur les murs. Nous passons devant des portes vitrées. J'aperçois des salles blanches où des scientifiques travaillent avec concentration. Ils vérifient des étiquettes, déplacent des échantillons. D'autres sont penchés sur des ordinateurs.

Je ne peux m'empêcher de comparer le laboratoire à la clinique de Doc'Mac. Elle est toute colorée avec des rideaux, des tableaux, et très animée avec les bruits des animaux. Cet endroit gris et silencieux est exactement son contraire !

Le docteur Green s'arrête devant une porte, l'ouvre et nous fait entrer. Une jeune femme qui se tient près d'un bureau vérifie un graphique.

— Julie ! l'appelle le docteur Green.

Elle nous regarde et sourit. Ses cheveux blonds sont attachés en queue-de-cheval. Ses yeux sont verts et des tâches de rousseur parsèment son visage.

— Je vous présente Julie Ames, dit le docteur Green. Julie, voici Clara Patel, ta nouvelle stagiaire.

— Bienvenue, Clara !

Mon père se mêle aussitôt à la conversation.

— Clara a d'excellentes notes en sciences ! s'exclame-t-il. Je suis certain qu'elle vous sera d'une aide précieuse.

C'est tellement gênant ! Je lève les yeux au ciel et Julie a un sourire compréhensif.

Le docteur Green entraîne mon père vers la sortie.

— Viens, lui dit-il. Nous laissons Clara entre de bonnes mains, ne te fais aucun souci !

Dès qu'ils sont partis, Julie me conduit devant une table.

— Prête pour ton premier travail, Clara ?

Je hoche seulement la tête.

— Tu vois ces deux râteliers de tubes à essais remplis de liquide bleu ? Chaque tube contient une solution légèrement différente des autres. Nous voulons savoir à quelle vitesse ces solutions s'évaporent au contact de l'air.

Elle sort un bloc-notes d'un tiroir et me le tend.

— Tu devras relever la quantité de liquide contenue dans chaque tube !

Elle m'explique ensuite comment prendre les mesures et les transcrire sur un tableau.

Puis elle me laisse travailler.

Je me demande pourquoi ils ont besoin de savoir cela ? Peut-être pour trouver la bonne façon de conserver les liquides ?

Juste au moment où je prends la dernière mesure, Julie revient près de moi. Elle vérifie mon tableau.

— Excellent travail ! dit-elle. Tu es toujours aussi précise, Clara ?

— Je crois, oui. J'aime les sciences. Ce sont des matières où l'on est bien obligé d'être précis !

Je suis heureuse d'avoir réussi ma première mission. La prochaine sera de tester d'autres liquides. Je dois déterminer s'ils sont acides ou alcalins à l'aide d'un papier révélateur. Il change de couleur en fonction de la composition. Julie me donne un autre bloc-notes, avec un nouveau tableau pour y noter mes résultats.

En travaillant, je repense à Isabelle. Pourquoi était-elle si en colère ? Je suis impatiente de lui expliquer qu'elle s'inquiète pour rien. Il n'y a rien à reprocher au laboratoire AVM.

Mes tests terminés, j'observe Julie faire ses propres relevés.

— Tu as fini ? me demande-t-elle.

Je hoche la tête en souriant. La recherche en laboratoire est vraiment ce qu'il me faut ! C'est logique et précis. Exactement comme moi.

— Suis-moi, dit Julie. J'ai un autre travail pour toi…

Nous entrons dans une nouvelle pièce, totalement différente. Elle est pleine de cages. Il y a des petites souris grises, des rats blancs, des hamsters et même des lapins.

— Vous… faites des tests sur les animaux ?

J'ai du mal à cacher mon émotion.

Isabelle m'avait prévenue… Mais les voir là, c'est encore plus choquant que ce que j'imaginais !

— Non, nous ne faisons pas de tests pour des produits commerciaux. Tu es dans un laboratoire de médecine vétérinaire. Nous cherchons à soigner le diabète des animaux et la leucémie des chats.

— Est-ce que vous… les tuez? Il faut que je le sache!

— Oui, parfois, admet Julie.

— Je ne suis pas certaine de pouvoir le supporter!

— Ne t'inquiète pas, Clara. Cela ne concerne pas les stagiaires. Toi, tout ce que tu as à faire, c'est prendre soin des rongeurs.

M'occuper d'animaux, c'est exactement ce que je ne voulais plus faire! Mais si je dois juste les nourrir, il y a peu de risques que je les blesse.

Julie prend un sac de graines dans une armoire.

— Il y a des petits bols dans chaque cage. Il te suffit de les remplir de nourriture, m'explique-t-elle. Tu devras utiliser ces gants pour protéger tes mains.

— Ce n'est pas la peine! Je n'ai pas peur d'eux.

— C'est obligatoire, insiste Julie. Certains sont malades. Le laboratoire ne veut pas que ses employés prennent le moindre risque.

J'ai mis les gants épais et je vais de cage en cage. Ces petites bêtes sont adorables! Il y a des hamsters à poils longs, des lapins béliers aux oreilles pendantes et cinq rats. Les gens les trouvent souvent repoussants. En fait, ils sont très propres et très intelligents. Leurs museaux roses frétillent d'impatience devant les bols. Ils me regardent avec confiance.

J'oublie pourquoi ils sont là. Je m'occupe d'eux avec plaisir. Je les nourris, je les caresse. Un rat à la moustache toute tordue est particulièrement affectueux. Il se frotte contre mon gant comme s'il voulait dormir au creux de ma main. Avec délicatesse, je le remets au centre de sa cage.

Julie revient après une quinzaine de minutes.

— Comment t'en sors-tu, Clara?

— Bien, très bien!

Quand j'ai terminé mon travail au laboratoire, je reprends mon vélo. En approchant de la clinique de Doc'Mac, j'aperçois Isabelle, David et Sophie, en route pour le cours de création de masques. J'ai eu l'impression qu'ils m'en voulaient hier de ne pas y retourner. Il faut que je me réconcilie avec eux! Je n'arriverai pas à surmonter tout ce qui m'arrive sans leur amitié. J'ai besoin d'eux pour supporter la maladie de Mitaines et même pour réussir mon stage au laboratoire. Je me mets donc à pédaler à toute vitesse pour les rattraper.

— Hé ! Les copains ! Attendez-moi !

— Je croyais que tu étais au laboratoire ? me dit sèchement Isabelle quand j'arrive à leur hauteur.

Je ne fais pas attention, je n'ai pas du tout envie qu'on se dispute.

— Je viens de terminer.

— Alors ? Ça t'a plu ? me demande Sophie.

— Oui, les chercheurs ont tous été très gentils avec moi.

— On s'en moque, de ces gens ! s'exclame Isabelle. Ce sont les animaux qui comptent ! Ils sont en prison là-bas ! Et ils attendent leur exécution ! Tu ne penses pas qu'ils ont des droits, eux aussi ?

— Bien sûr que si !

— Alors comment tu peux participer à ça ? se fâche Isabelle.

— C'est un laboratoire de recherche, l'objectif est de trouver de nouveaux médicaments pour soigner les animaux. C'est une bonne cause !

— Quelle blague ! se moque Isabelle. Tuer des animaux pour en sauver d'autres ! Tu parles d'une logique !

— Oh, laisse Clara tranquille, intervient Sophie. Elle se fera son idée elle-même. Grand-mère pense elle aussi que ces laboratoires sont nécessaires.

— Pourquoi sortez-vous si tard du collège ? dis-je pour changer de sujet.

— Parce que nous avons fait du basket dans le gymnase, me répond David. Au fait, tu viens avec nous à l'atelier de création de masques ?

— Cela dépend... Vous avez des nouvelles de Mitaines ?

— Elle va un peu mieux, dit Sophie. Sa fièvre est redescendue à 39,5°.

— Alors je vous accompagne !

Le trajet jusque chez Michaela est peu animé. Isabelle m'en veut toujours et Sophie est perdue dans ses pensées. Il n'y a que David qui essaie de maintenir la conversation.

À l'atelier, nous continuons à travailler sur la structure de nos masques. Plusieurs fois, je remarque que Michaela me dévisage. Quand nos regards se croisent, elle ne semble pas gênée.

— Beau travail, Clara, me dit-elle simplement.

Je lui demande la permission d'appeler ma mère car je ne l'ai pas encore prévenue que j'allais au cours de masques. Michaela me dit que le téléphone se trouve dans la cuisine. Je laisse un message sur notre répondeur... quand j'ai tout à coup l'étrange impression d'être observée. Pourtant, je suis seule ! Ils sont tous dans la pièce principale et Michaela est en train d'aider David à modeler son masque. Je jette un œil par la fenêtre de la cuisine.

Le chat noir est là ! Dehors, assis sur le rebord de la fenêtre, il me regarde fixement !

Est-ce qu'il est à Michaela ? Je me précipite. Je suis bien décidée à l'attraper. Je veux le brosser et débarrasser sa fourrure de l'affreuse odeur du putois.

J'ouvre la porte, il est toujours là à me regarder avec ses incroyables yeux verts. Mais quand je fais un pas dehors, il bondit aussitôt et file dans le jardin.

Une fois de plus, le chat noir a disparu.

CHAPITRE 8

Mercredi, je quitte la maison plus tôt pour voir Mitaines. Doc'Mac est déjà occupée à remplir des dossiers. Je vois tout de suite à son regard qu'elle est inquiète !

— La fièvre est remontée à 40°, me dit-elle dès qu'elle m'aperçoit.

— Pourquoi les antibiotiques ne fonctionnent pas ?

— Une péritonite est une infection très grave, Clara. Je vais devoir opérer Mitaines à nouveau et lui poser un drain. Un tube inséré dans son abdomen permettra d'évacuer les fluides infectés et aussi d'introduire d'autres antibiotiques. On le retirera seulement quand l'infection sera sous contrôle.

— Je peux la voir ?

— Bien sûr, Clara !

La cage de Mitaines est près d'une fenêtre. Elle dort encore, toute recroquevillée.

Quand j'ouvre la cage, elle lève un peu la tête et me regarde avec des yeux tristes. Est-ce qu'elle m'en veut ? Elle tend une patte et lèche ma main avec sa petite langue râpeuse. Non, elle ne me déteste pas ! Elle voudrait miauler, mais elle ne pousse que des petits cris.

— Je suis tellement désolée, Mitaines…

Sophie entre précipitamment dans la pièce.

— Le nouveau traitement va l'aider, Clara !

— Je l'espère.

Elle vient à mes côtés caresser Mitaines.

— Tu sais que grand-mère fera tout ce qu'elle pourra !

Dure journée au collège ! Les professeurs m'ont tous reproché d'avoir la tête dans les nuages. La professeur de maths m'a même demandé si j'allais bien.

— Tu semblais à des milliers de kilomètres d'ici, m'a-t-elle dit à la fin du cours.

En basket, j'ai pris un ballon en plein dans l'épaule parce que je me tenais bêtement sans bouger sur le terrain. Je pensais en effet à tout autre chose qu'au match.

En éducation civique, nous avons regardé l'adaptation du roman *Les Misérables*. C'est l'histoire d'un homme qui est envoyé au bagne parce qu'il a volé un morceau de pain pour nourrir sa famille.

— Est-il juste de violer la loi quand on a une bonne raison de le faire ? nous demande notre professeur en interrompant le film.

Je me souviens de ce qu'a dit Isabelle sur les droits des animaux et je lève la main :

— Si, par exemple, quelqu'un est emprisonné alors qu'il n'a rien fait… on peut dire que ses droits n'ont pas été respectés. Alors, c'est peut-être juste de le libérer, même si c'est interdit ?

Isabelle pense que c'est honteux de faire des essais de médicaments sur les animaux.

Doc'Mac pense que c'est triste, mais nécessaire.

Et moi ? Qu'est-ce que j'en pense vraiment ?

Les cours se terminent enfin. Je grimpe sur mon vélo pour aller au laboratoire.

C'est Julie qui m'accueille.

— Aujourd'hui, Clara, tu commenceras par donner à boire et à manger aux rongeurs. Ensuite, je te montrerai les chats et les singes. Il est prévu que tu t'en occupes aussi.

Elle me tend une blouse blanche. J'adore ! Je me sens comme une vraie scientifique. Même si mon travail du jour n'est pas très intellectuel…

Dans une cage, trois rats blancs dorment blottis les uns contre les autres alors que deux autres se promènent. Mon petit copain à la moustache tordue vient tout de suite vers moi. Il se redresse sur ses pattes arrière comme s'il voulait me dire bonjour. J'ouvre la cage et je le prends dans mes mains. Son petit museau tremblote quand il renifle mes gants.

— Salut, mon beau ! Non, non, je n'ai pas de nourriture pour toi pour le moment. Juste de l'eau… Je reviendrai plus tard avec tes graines.

Il regarde autour de lui. Il semble se demander où peut bien se trouver la nourriture dont je parle. Ses petits yeux brillent d'intelligence.

John, l'un des chercheurs que j'ai rencontrés la veille, passe près de moi.

— Attention, me dit-il, ne t'attache pas trop à eux !

— Pourquoi ? Ils vont mourir ?

Il hoche la tête.

— Oui, ils ont été génétiquement modifiés pour être diabétiques. Deux d'entre eux sont traités avec un médicament expérimental, les autres ne reçoivent aucun traitement. Ils seront tous euthanasiés. Nous devons les disséquer pour évaluer les différences entre les deux groupes. Et si les résultats sont ceux que nous imaginons, nous recommencerons l'expérience sur davantage de rats pour vérifier nos résultats.

John prend une pile de coupelles en verre qui servent à la culture des bactéries et s'en va. Le petit rat dans ma main n'a rien compris à ce qui vient d'être dit. Les pattes posées sur mon doigt, il me fait totalement confiance. Il a tort, il va mourir. Et moi, je reste plantée là sans rien faire. Je me sens tellement coupable !

Après mon travail au laboratoire, je me rends directement chez Michaela. J'ai très froid malgré ma grosse doudoune ! Le vent souffle dans mes cheveux et les fait voler dans tous les sens. Les arbres projettent des ombres sinistres. Quel temps ! C'est peut-être pour ça qu'on fête Halloween en octobre.

Il fait sombre et je repense aux histoires sur les sorcières. Certains racontent qu'elles pouvaient se transformer en chats noirs. Et si ce chat et la nouvelle voisine n'étaient qu'une seule et même personne ? Je ne les ai d'ailleurs jamais vus tous les deux en même temps !

Allons, je suis idiote ! C'est une idée ridicule.

N'empêche que j'adorerais me balader dans les

rues sous la forme d'un chat, puis soudain sauter sur un balai pour traverser le ciel !

Il y a de la lumière chez Michaela. J'aperçois David, Sophie et Isabelle sur le pas de la porte. Notre troisième cours va bientôt commencer et je n'ai pas encore décidé quel masque je voulais fabriquer.

J'arrive dans l'allée quand le chat noir passe en courant devant moi.

— Deuxième fois qu'il croise ton chemin ! s'écrie David. Il va te porter malheur !

C'est déjà fait. Ma chance a tourné dès le premier jour où j'ai croisé ce chat. Est-ce que la situation peut devenir encore pire ?

J'ai du mal à le croire, mais on dirait que moi aussi je deviens superstitieuse !

Les autres jeunes sont déjà installés autour de la table. Aujourd'hui, Michaela porte un pantalon noir et un immense pull violet. Elle est en train de leur montrer un nouveau masque de chat noir. Encore plus grand, encore plus beau que celui qui est accroché au mur ! Il n'a pas de fourrure, il est en argile cuite et il est couvert d'émail brillant.

— Bonsoir, nous salue Michaela. J'étais en train de raconter qu'un animal fantastique vient de faire son apparition dans ma vie ! Un chat qui m'intrigue beaucoup. Comme vous pouvez le voir, j'ai déjà fait deux masques de lui.

— J'avais raison, dis-je tout bas à mes amis.

— Je n'étais pas satisfaite du plus petit, continue Michaela. On dirait un jouet en peluche ! Cela ne correspond pas du tout à la personnalité de ce chat. Alors, pour le deuxième masque, je n'ai pas utilisé de fausse fourrure, et j'ai choisi l'argile. C'est une question que je vous conseille toujours de vous poser : quel matériau correspond le mieux à ce que j'essaie de reproduire ?

Elle ramasse des chiffons et enveloppe son masque. Chacun reprend son armature en fil métallique sur la table et Michaela part dans la cuisine. Elle mélange une poudre avec de l'eau. Un instant, on croirait une sorcière préparant une potion ! Comme si elle lisait dans mes pensées, elle relève la tête.

— C'est le papier mâché, m'explique-t-elle. Certains vont pouvoir s'y mettre dès aujourd'hui.

— Clara ? Pourquoi tu es toute rouge ? me demande Sophie.

— Rien, rien… Il fait très chaud ici, c'est tout !

En travaillant, je ne pense qu'à Michaela et au chat noir. Si c'est son animal, pourquoi le laisse-t-elle dans cet état ? Avec les poils dégoûtants et collés ? Il faut que je lui demande pourquoi elle ne s'en occupe pas mieux que ça...

J'attends la fin du cours. Quand les autres rangent leurs affaires, je fais exprès de traîner pour qu'ils partent avant moi. Je suis très nerveuse à l'idée de parler à Michaela, mais je m'en voudrais trop de ne pas le faire.

Tout à coup, je m'aperçois que notre professeur n'est plus là. Je pars à sa recherche. Peut-être est-elle dans le jardin ? J'essaie d'ouvrir la porte mais elle résiste. Je la pousse de toutes mes forces et le vent glacé s'engouffre dans la cuisine. La lumière au-dessus de la porte projette un halo jaune dans le jardin qui me permet de voir à quelques mètres devant moi.

— Miaou !

Michaela s'est mise à quatre pattes et elle miaule en avançant vers les buissons ! Soudain, Michaela disparaît dans les buissons et le chat errant en sort en courant !

D'accord, c'est dingue, mais je sais ce que j'ai vu : Michaela s'est transformée en chat !

CHAPITRE 9

Les buissons bougent à nouveau et je vois réapparaître Michaela. Au moment où elle se relève, je comprends comme j'ai été idiote ! Je me sens rougir de la tête aux pieds. Comment ai-je pu penser une seule seconde qu'elle s'était transformée en chat ? Qu'est-ce qui m'arrive ? Je ne me reconnais plus.

— Clara, peux-tu m'aider à attraper ce chat ? me demande Michaela.

Il s'est arrêté entre nous deux.

— Ici, minet... N'aie pas peur...

Comme il m'observe, Michaela en profite pour s'approcher. Mais au dernier moment, il se retourne, la voit et s'élance dans le bois.

On l'a encore raté !

— Son pelage est dans un état abominable, dis-je en laissant échapper un long soupir.

— Je sais, Clara. Cela fait des semaines que j'essaie de l'attraper. Je lui laisse de la nourriture dehors tous les soirs mais il m'échappe chaque fois.

Je me suis trompée sur Michaela. Ce n'est pas son chat et elle ne le maltraite pas. Au contraire ! Heureusement que je n'ai pas eu le temps de lui parler, je serais vraiment passée pour une imbécile.

Nous rentrons dans la cuisine. Michaela s'assied et me fait signe de l'imiter.

— Il mange et il s'enfuit, dit-elle. Il se méfie. Il n'a vraisemblablement pas de maîtres. J'aurais aimé l'attraper avant Halloween. J'ai entendu dire qu'il valait mieux garder les chats en sécurité chez soi, ce soir-là.

— Oui, le docteur Macore le conseille aussi. Si nous réussissons à attraper ce chat, je couperai les nœuds dans sa fourrure. Je l'ai déjà fait plusieurs fois à la clinique.

— Celle qui est plus haut dans la rue ?

Je lui explique que David, Isabelle, Sophie et moi y faisons du bénévolat.

— Mais je ne vais pas pouvoir continuer car j'ai commencé un stage dans un laboratoire de recherche.

Je confie même à Michaela qu'Isabelle m'en veut beaucoup pour ça.

— Elle trouve honteux de travailler dans un endroit où l'on pratique des expériences sur les animaux.

— Tu es à un tournant de ta vie, Clara, me dit seulement Michaela.

Je la regarde, intriguée.

— Dans ces moments-là, on se sent un peu perdu, ajoute-t-elle.

Elle parle lentement, comme si elle choisissait avec soin chacun de ses mots.

— On ne sait plus très bien qui on est. On ne sait plus exactement ce qu'on ressent, et nos nouvelles pensées nous surprennent car elles ne nous ressemblent pas.

— Oui ! C'est exactement ça ! Je ne comprends pas ce qui m'arrive. On dirait que je me transforme mais je ne sais pas en quoi.

Michaela lâche un petit rire.

— Je n'en ai pas la moindre idée, dit-elle. C'est différent pour chacun. Il faut que tu sois attentive à tes émotions, Clara. Tu dois découvrir ce qui fait ta force. C'est ça que j'ai essayé de saisir avec le masque du chat. Je voulais montrer sa force et son courage. Mais ce n'est pas facile, il ne reste pas une seule seconde en place !

— Je me demande à quoi ressemblerait le masque représentant qui je suis réellement au fond de moi…

— Il exprimerait la passion, Clara ! répond Michaela sans hésiter un instant.

Cela me surprend beaucoup. Je suis plutôt timide. Est-ce qu'elle voit en moi des choses que j'ignore ?

Soudain, elle claque des doigts.

— Je sais pourquoi il me semblait t'avoir déjà rencontrée ! s'écrie-t-elle. Samedi dernier, tu t'es arrêtée à vélo devant ma maison et je t'ai aperçue par la fenêtre de ma chambre.

— Il faut que je vous avoue quelque chose, Michaela…

J'hésite un peu, et je me lance.

— Mes amis étaient persuadés que vous étiez une sorcière. J'ai bien failli les croire tout à l'heure quand vous avez disparu dans les buissons et que le chat noir a surgi au même moment devant moi. J'ai cru que vous vous étiez transformée ! J'espère… que vous n'êtes pas vexée ?

— Vexée ? Non, je suis ravie ! dit-elle en souriant. J'adorerais pouvoir me métamorphoser !

— Cela ne vous fâche pas qu'on vous ait prise pour une sorcière ?

— Les sorcières ont très mauvaise réputation,

mais c'est injuste. Ces femmes vénéraient d'anciens dieux et pratiquaient des rites étranges. Alors on les a persécutées car on ne les comprenait pas. Elles étaient souvent des guérisseuses et on les a accusées d'avoir des pouvoirs maléfiques ! Les chats sont des animaux si mystérieux qu'on a fini par les associer aux sorcières.

J'aimerais continuer de l'écouter, mais ma mère vient d'arriver devant la maison. Je reconnais sa voix.

— Bonsoir ! Il y a quelqu'un ? crie-t-elle. Clara, tu es là ?

J'ai complètement oublié qu'elle devait passer ce soir pour faire la connaissancc de Michaela. Ma mère veut toujours rencontrer mes professeurs. Et là, elle est vraiment impressionnée ! Michaela lui montre ses masques et lui explique son travail.

— Cctte femme a beaucoup de talent ! me dit ma mère en partant.

— Elle est aussi très gentille.

C'est drôle de penser qu'il y a à peine une demi-heure, j'étais sur le point de lui reprocher sa façon de traiter son chat !

Souvent, on se fait de fausses idées sur les choses parce qu'on n'a pas toutes les informations. Puis on en apprend davantage et on voit la situation d'un œil complètement différent.

— Maman, cela t'arrive de te demander si tu as vraiment fait ce qu'il fallait faire ?

Ma mère rit doucement.

— Oh, oui, Clara ! Tout le temps. Pourquoi me demandes-tu cela ?

— Pour rien… Et comment décides-tu ce qui est bien ou pas ?

— Mais qu'est-ce qui te préoccupe, Clara ?

En fait, tellement de choses que je ne saurais pas par laquelle commencer.

— Rien, maman… Rien en particulier.

Après le dîner, je téléphone à Doc'Mac pour prendre des nouvelles de Mitaines. Elle me donne les résultats de ses analyses de sang. Même si je ne comprends pas tout, au son de sa voix, je devine que ce n'est pas bon signe.

J'ai des devoirs à faire. Je dois lire un livre pour le résumer. L'histoire n'est pas si mal mais je n'arrive pas à me concentrer. Cette journée m'a épuisée, alors je décide d'aller tout de suite me coucher.

Je fais des rêves bizarres. Un rat à la moustache tordue me parle à toute vitesse ; je ne comprends pas un mot de ce qu'il dit.

Quand je m'éveille brusquement, il n'est que 2 heures du matin !

CHAPITRE 10

Je me lève tôt. J'ai pris la décision qui me paraît juste.

J'arrive au laboratoire AVM avant 8 heures. Julie et John n'arriveront qu'à 9 heures, je devrais avoir assez de temps...

— Bonjour! Tu es très en avance, me dit le réceptionniste en me voyant entrer, mon sac de cours sur l'épaule.

Je souris. J'essaie de paraître décontractée. Il ne faut pas qu'il se doute de quelque chose.

Je me dirige vers la salle où nous travaillons habituellement. Elle est fermée à clef!

Je trouve un gardien et je lui demande de m'ouvrir. Il commence par refuser mais accepte quand je lui montre le badge d'identification que m'a donné Julie.

— Je suis stagiaire ici, monsieur. Je dois nourrir les animaux avant d'aller au collège !

— O.K., très bien, dit-il en détachant le trousseau de sa ceinture. Tu sembles prendre ton travail très à cœur.

— Euh… oui, monsieur ! Il faut bien que quelqu'un s'occupe d'eux…

Je referme la porte derrière moi. Les stores sont baissés et la plupart des animaux sont encore endormis. Je m'approche de la cage des rats. J'essaie de la soulever, mais elle est beaucoup trop lourde ! Comment vais-je m'y prendre ? Il va bien falloir que je trouve une solution…

Soudain, je vois mon sac posé par terre. Bien sûr ! Je sors toutes mes affaires de classe et j'ouvre le couvercle de la cage.

J'attrape en premier le petit rat à la moustache tordue. Un bisou sur son museau, et je le dépose dans mon sac à dos ! Il se redresse immédiatement et commence à renifler partout. Il sent probablement le pain au chocolat qui se trouvait là il n'y a pas si longtemps. Un à un, je prends ses petits camarades et je les installe le plus délicatement possible.

Au fond de la salle, il y a une réserve. Là, une porte mène à l'extérieur du bâtiment. Je la bloque avec mon livre de maths car il faut que je puisse revenir dans le laboratoire.

Je pose mon sac dans l'herbe et je l'ouvre…

— Sauvez-vous, les amis ! Vous êtes libres !

Je croyais qu'ils allaient se mettre à courir, mais ils continuent de renifler le fond de mon sac ! Je suis obligée de le secouer pour les faire sortir.

— Allez, zou ! Allez-vous-en !

On dirait qu'ils n'ont aucune envie de partir. Je fais la chose la plus courageuse de toute ma vie : je les libère ! Et eux, ils refusent de s'enfuir !

Mon rat préféré est le premier à s'éloigner.

— Courez !

Je suis heureuse, et si fière de moi. J'aimerais libérer aussi les autres animaux, mais je ne sais pas si j'en ai encore le temps. Sans doute assez pour les souris et les hamsters ! Alors que je ramasse mon sac pour retourner dans l'animalerie, je me retrouve face à face avec Julie.

— Qu'est-ce que tu fabriques ici ? demande-t-elle d'un ton autoritaire.

Je ne me laisse pas intimider.

— Je fais ce qui est juste. Ces rats ne méritent pas de mourir et les autres animaux non plus.

— Mais ils sont très malades ! proteste Julie. Et maintenant, à cause de toi, ils vont beaucoup souffrir !

— Qu'est-ce… que vous voulez dire ?

— Tu veux vraiment le savoir? me répond sèchement Julie. D'abord, ils vont perdre la vue, puis lentement se déshydrater et…

J'agite les mains pour qu'elle se taise.

— Non, non, je vous en prie ! Arrêtez ! Je n'avais pas pensé à ça !

— Dans notre métier, dit-elle, on ne peut pas se permettre de ne pas réfléchir.

Soudain, je la vois fixer quelque chose dans l'herbe. Aussitôt, elle sort de sa poche une poignée de graines.

Ce n'est pas très difficile d'attraper les rats. Ils sont complètement apprivoisés, ils aiment les humains et se sentent en sécurité. Julie capture le premier en l'attirant avec les graines. En un rien de temps, nous les avons tous récupérés.

Sans un mot, nous les remettons en cage.

— Écoute-moi bien, Clara… Ces animaux ne sont les compagnons de personne. Nous ne les avons pas enlevés à une famille. Ils ont été élevés spécialement pour être des sujets de recherche.

— Même les chats ?

— Même les chats. Ces animaux ont grandi dans des conditions très particulières pour n'avoir aucun microbe, aucune maladie. Ils coûtent très cher, parfois plusieurs milliers de dollars.

Je ne sais plus quoi dire. Toutes sortes de pensées se bousculent dans ma tête. Et il m'est impossible de les exprimer clairement.

— Ces animaux meurent pour en aider beaucoup d'autres à vivre, reprend Julie. Cela peut paraître cruel, mais, personnellement, je ne me sens pas coupable. Le travail que nous réalisons ici est très important pour tous ceux qui aiment leurs animaux. Les nouveaux médicaments améliorent tellement leurs vies.

— Mais vous avez rendu ces rats malades, dis-je. Et eux, ils souffrent !

— Nous faisons tout ce que nous pouvons pour apaiser leurs souffrances. Nous ne les gardons jamais malades longtemps. C'est pour cela que ces rats seront euthanasiés vendredi.

— Est-ce que tous les laboratoires de recherche font comme vous ?

Julie lève les bras. Elle est exaspérée par mes questions.

— Évidemment, nous suivons les mêmes règles ! Il y a des lois très strictes qui encadrent la recherche sur les animaux. Nous demandons par exemple des autorisations avant chaque expérience.

Je baisse les yeux pour regarder les rongeurs. Ils ont l'air si innocents.

— Je comprends ce que vous me dites, Julie. Je vois maintenant pourquoi j'ai eu tort et je vous demande pardon. Je sais que vous faites ce travail pour aider d'autres animaux, mais moi, je ne me sens pas capable de continuer. Ce serait trop dur de m'en occuper en sachant qu'ils vont bientôt mourir.

Julie me fixe quelques instants et hoche la tête. Elle n'a plus l'air en colère.

— J'aime tellement mon travail que j'oublie que cela ne peut pas être le cas de tout le monde. La recherche avec des animaux vivants n'est sans doute pas faite pour toi, Clara.

Je ramasse mes affaires et les range dans mon sac à dos.

— Au revoir, Julie. Je ne reviendrai pas.

Je quitte le plus vite possible le laboratoire, mais j'arrive quand même au collège après la sonnerie.

— Encore un retard et tu auras une heure de colle, Clara ! me prévient le surveillant. Tu en es déjà à ton deuxième. Cela ne te ressemble pas, tu étais une élève si ponctuelle avant !

Je bafouille que je suis désolée. Je ne sais pas quoi dire d'autre.

Ça ne me ressemble pas, il a raison. Mais plus rien de ce que je fais ne me ressemble.

Qui suis-je en train de devenir ?

Cette question me fait vraiment peur.

Après les cours, je vais rendre visite à Mitaines. Je croise Isabelle à l'accueil. Elle ne me dit même pas bonjour et s'éloigne avec un air dédaigneux.

— Attends ! Je veux te parler, Isabelle ! Il s'est passé quelque chose d'important aujourd'hui...

Elle se retourne aussitôt.

— Ah, oui ? Quoi ?

— J'ai laissé tomber mon stage au laboratoire. Je me suis fait prendre en train de libérer des rats. Je ne supportais pas l'idée qu'ils soient tués.

Un immense sourire apparaît sur le visage de mon amie.

— T'as fait ça ? C'est génial, Clara ! Je n'arrive pas à croire que tu aies eu ce cran ! Je suis tellement fière de toi !

Je lève la main pour l'interrompre.

— Moi, je n'en suis pas fière du tout. Je ne me suis pas rendu compte des conséquences ! Ces rats sont malades. Je ne leur sauvais pas la vie en les relâchant. Je les condamnais à beaucoup souffrir avant de mourir.

Isabelle admet qu'elle n'y aurait pas pensé non plus.

— Mais si le laboratoire n'existait pas, ils n'auraient jamais été malades ! ajoute-t-elle.

Je prends une grande inspiration avant de lui répondre :

— Si ces laboratoires n'existaient pas, il n'y aurait pas de médicaments. Et il n'y aurait pas d'antibiotiques pour sauver des chats comme Mitaines.

Le regard de mon amie s'adoucit tout à coup.

— Moi aussi, je m'inquiète pour elle, Clara. Mais je n'arrive pas à accepter qu'on tue des animaux pour en sauver d'autres. Il doit y avoir d'autres moyens !

Je soupire et je m'en vais. Elle et moi, nous ne serons sans doute jamais d'accord.

Mitaines dort dans sa cage. Doc'Mac vient me rejoindre.

— Elle va mieux, dit-elle. Le nouvel antibiotique commence à faire effet.

Je hoche la tête et je me mets à pleurer. De joie, de soulagement, mais aussi de tristesse.

Et je ne comprends pas pourquoi.

Notre dernier atelier va se terminer et je ne sais toujours pas quel masque je veux porter ! Découragée, je repose mon armature en fil métallique sur la table.

J'aurais aimé parler un peu avec Michaela, mais je n'en ai pas le temps. Ma mère arrive à l'heure pour me récupérer. Nous nous mettons aussitôt en route pour la maison.

— Maman, il faut que je te dise quelque chose... Est-ce que tu me promets de ne pas te fâcher?

Ma mère est inquiète.

— Je n'aime pas du tout ça, répond-elle. Qu'est-ce qui s'est passé?

Alors je lui raconte comment j'ai libéré les rats.

— Clara! Comment as-tu pu faire une chose pareille? Je suppose qu'ils t'ont renvoyée?

— Non, Julie a été vraiment gentille avec moi et nous avons récupéré les rats. Maman, je n'aime pas ce travail. J'ai démissionné!

Ma mère hoche la tête et regarde droit devant elle.

Nous marchons en silence jusqu'à ce que j'ose lui demander:

— Tu le diras à papa pour moi?

— Non, mais je veux bien que nous lui en parlions toutes les deux.

Je me sens déjà un tout petit peu mieux.

Mon père est à la maison. Quand nous entrons dans son bureau, il lève la tête en souriant. Puis il comprend que quelque chose ne va pas.

— Qu'est-ce qui se passe? s'exclame-t-il.

— Raconte, Clara..., me dit doucement ma mère.

Avant la fin de mon histoire, je suis en larmes.

— Je pensais que c'était juste, je te le promets, papa! Mais maintenant, j'ai compris que j'avais tort!

Bien que mon père fronce les sourcils, il n'a pas l'air aussi en colère que je le craignais.

— Je suis fier que tu aies agi selon ta conscience, dit-il. Seulement, avant de prendre une décision aussi importante, tu aurais dû veiller à avoir toutes les informations. Tu ne peux pas te précipiter et agir n'importe comment. Nos actions ont des conséquences et il faut toujours considérer le problème sous tous les angles.

— Je l'ai compris maintenant.

— Clara a démissionné, ajoute maman.

— De toute évidence, ce travail était trop stressant pour elle, conclut mon père. Au moins, nous aurons appris cela.

Quand je lui demande s'il n'est pas trop fâché, il se lève. Il fait le tour de son bureau et se penche vers moi.

— Non, je ne suis pas fâché, Clara. C'est ta vie. Tu es la seule à pouvoir prendre ces décisions. Je ne suis pas fâché, ma fille, je vois seulement que tu grandis.

CHAPITRE 11

Le lendemain, dès la fin des cours, je me précipite à la clinique.

Je trouve Doc'Mac en train de retirer une écharde de la patte d'un chiot.

— La fièvre de Mitaines est remontée aujourd'hui, m'explique-t-elle. Je viens de faire quelques tests sanguins, j'aurai les résultats demain matin.

— Mais je pensais qu'elle allait mieux !

— Moi aussi, Clara. Les tests nous en diront davantage.

Soudain, le chiot s'agite.

— Aide-moi ! me dit Doc'Mac. Tiens-le bien.

Je l'aide comme avant. J'ai l'impression de n'avoir jamais quitté la clinique.

— Victoire, s'écrie Doc'Mac en brandissant sa pince. J'ai enfin eu cette maudite épine !

Elle me regarde tout à coup.

— Comment se passe ton stage au laboratoire ?

— C'est fini... Je n'irai plus.

Et je lui raconte à elle aussi toute l'histoire.

— Il est parfois difficile de savoir ce que l'on doit faire, dit-elle en désinfectant la patte du chiot.

Pourtant, Doc'Mac semble toujours si sûre d'elle !

— Quand j'étais une jeune vétérinaire stagiaire, je n'étais pas préparée à devoir euthanasier des animaux. Bien sûr, je savais que cela allait arriver, mais je n'étais pas prête à y faire face. Pourtant, il fallait aider les maîtres à prendre la bonne décision pour leur compagnon. Je devais les informer pour qu'ils choisissent de continuer les traitements ou de mettre un terme aux souffrances de leur animal.

— Cela doit être terrible comme dilemme !

— C'est le choix le plus difficile, Clara.

Soudain, une pensée me glace le sang. Pourquoi Doc'Mac aborde-t-elle ce sujet ?

Est-ce qu'elle pense à Mitaines ?

Ce soir, toute la ville fête Halloween. David passe me prendre chez moi en costume de vampire. Moi, je ne suis pas d'humeur à m'amuser, mais je préfère encore sortir que tourner en rond à la maison.

Je prends une lampe torche et nous nous mettons en route. Bientôt, j'aperçois au loin Sophie et Isabelle. Elles discutent avec une des filles de notre atelier de masques. Comme prévu, Sophie s'est déguisée en vétérinaire, avec une blouse que l'on porte au bloc opératoire, un masque chirurgical, un stéthoscope et même... un chien en peluche ! Isabelle est en hippie. Elle a un pantalon pattes d'éléphant à fleurs et un bandana autour de la tête.

Nous accélérons pour les rejoindre quand je vois quelque chose bouger sur le trottoir. C'est un animal, on dirait qu'il n'arrive pas à se redresser...

David s'élance, mais je suis plus rapide que lui.

— C'est le chat noir !

Du sang coule de sa gueule et il a les yeux écarquillés de peur.

CHAPITRE 12

Le chat hurle. David s'agenouille pour le ramasser.

— Non ! Ne le touche pas, David. S'il a des fractures, on fera encore plus de dégâts. Et il peut te mordre ou te griffer.

Doc'Mac nous a cent fois répété que les animaux blessés tombent vite en état de choc. Il faut avant tout penser à les réchauffer.

— Couvre-le de ta cape, David ! Et attends-moi, je reviens tout de suite…

À deux maisons de là, j'aperçois une femme en train de distribuer des bonbons aux enfants. Je me précipite vers elle.

— Un chat a été blessé, sans doute par une

voiture. Est-ce que vous auriez quelque chose pour le transporter?

La femme part dans sa maison et me rapporte un carton.

— Attends une seconde, dit-elle.

Elle disparaît à nouveau quelques instants puis revient avec des gants épais de jardinage.

— Allons-y, je t'accompagne!

Quand nous arrivons, Isabelle et Sophie sont penchées au-dessus du pauvre animal.

— Comment allons-nous le mettre dans le carton sans le soulever? s'inquiète David.

Je déchire l'une des parois et je l'aplatis le plus possible. Après avoir mis les gants, je glisse avec précaution le carton sous le chat et je le couvre de la cape.

Il ne bouge plus. Je crains le pire.

Je touche son flanc, il miaule faiblement.

La femme nous dépose en voiture à la clinique. Je garde le chat sur mes genoux durant tout le trajet, mes mains posées à plat sur la cape. Je sens qu'il respire, il tient bon.

— Bonne chance! s'écrie la femme quand nous sortons de sa voiture.

Nous la remercions et entrons en courant dans la clinique.

Doc'Mac est en train de lire dans la cuisine.

— Que se passe-t-il ?

— Un chat ! On pense qu'il a été renversé, dis-je en posant le carton sur la table.

Doc'Mac l'emmène aussitôt en salle d'examen. Le chat a les yeux mi-clos.

— Savez-vous à qui il appartient ?

— Je ne pense pas qu'il ait un maître, dis-je. Mais Michaela, la femme qui s'occupe de l'atelier de masques, se charge de le nourrir.

Doc'Mac me demande de le tenir pendant qu'elle observe ses blessures.

Elle tâte tout son corps puis serre de plus en plus fort ses pattes arrière.

— Je ne crois pas pouvoir le sauver, annonce-t-elle. Sa colonne vertébrale semble touchée. La radio nous le confirmera.

Elle emmène le chat et revient seulement quelques minutes plus tard pour nous montrer les clichés.

— Malheureusement, c'est bien ce que je pensais : une fracture de la colonne, dit-elle en pointant du doigt la radio.

— Qu'est-ce qu'on peut faire pour l'aider ?

— Peu de choses, Clara, soupire Doc'Mac. Seulement lui administrer des antidouleurs et abréger ses souffrances.

— Tu ne peux pas l'opérer? s'écrie Sophie.

Doc'Mac secoue la tête.

— Non, je ne veux pas prolonger l'agonie de cet animal s'il n'y a aucun espoir de guérison.

Maintenant qu'elle m'en a parlé, je sais comme cette partie de son travail de vétérinaire est difficile pour elle.

— Vous pouvez y aller, les enfants, je m'en occupe, ajoute-t-elle.

Nous sortons tous.

Et je vais téléphoner dans le bureau. Je veux joindre Michaela. Je tombe sur son répondeur.

— Michaela… C'est Clara. Je… voulais juste vous dire que nous avons trouvé le chat noir dans la rue. Il est gravement blessé, peut-être a-t-il été heurté par une voiture. Le docteur Macore ne peut rien faire pour lui…

Ma voix se brise et j'ai du mal à terminer le message.

— Elle va devoir l'euthanasier…

David est rentré chez lui, il n'avait plus envie de fêter Halloween. Isabelle, Sophie et moi, nous restons de longues minutes sans rien dire dans la salle d'attente. C'est Isabelle qui brise enfin le silence :

— Je ne sais pas comment Doc'Mac peut faire ça !

— Grand-mère déteste euthanasier les animaux, lui répond Sophie. C'est très dur pour elle.

Isabelle me regarde droit dans les yeux.

— J'ai été injuste envers toi, Clara. Je sais que tu tiens vraiment à ce que les animaux soient bien traités. C'est seulement beaucoup plus compliqué que je ne l'imaginais. Je suis désolée…

— Alors, nous sommes de nouveau amies ?

— Évidemment ! s'écrie Isabelle.

À cet instant précis, Michaela fait irruption dans la clinique. Elle est déguisée en sorcière avec un immense chapeau pointu. Elle a même un balai dans la main !

Isabelle et Sophie en restent bouche bée.

— Bonsoir, les filles. Je viens d'avoir ton message, Clara. Je me suis dit que tu aurais peut-être besoin d'un peu de compagnie, mais je vois que c'est déjà le cas.

Elle frissonne et resserre sa cape autour d'elle.

— Il fait vraiment froid dehors.

— Je pourrais nous faire un bon chocolat chaud ? suggère Sophie.

Isabelle propose de l'aider et elles disparaissent toutes les deux dans le couloir qui mène à la cuisine. Michaela et moi, nous restons silencieuses un moment, puis elle me demande :

— Comment se déroule ton stage au laboratoire ?

— J'ai démissionné.

— Cela ne te plaisait pas ?

— En fait, si. Je regretterai certaines choses. Je trouvais passionnant de pouvoir observer le travail des chercheurs.

— Ne t'inquiète pas, Clara, tu trouveras ta voie. Tu as de multiples talents, et ce n'est pas toujours évident pour les personnes douées de choisir ce qu'elles veulent faire. Mais, au final, tu découvriras ce qui te convient, j'en suis certaine.

Sophie et Isabelle reviennent avec un plateau de mugs fumants. Nous buvons en silence. Nous sommes encore si tristes de ce qui est arrivé au chat noir.

Quand elle se lève pour partir, Michaela dit avec un léger sourire :

— Cet endroit, c'est un peu chez vous, n'est-ce pas ?

— Il n'y a que Sophie qui habite ici, lui répond Isabelle.

— Oui, mais toi et Clara, vous y semblez parfaitement à votre place !

Et je réalise qu'elle a raison. La clinique du docteur Macore est vraiment devenue ma deuxième maison.

CHAPITRE 13

Le lendemain matin, Doc'Mac m'accueille avec Mitaines dans les bras.

— Enfin, elle est guérie ! m'annonce-t-elle.

Les yeux de ma chatte sont brillants comme avant. Je la serre contre moi, elle frotte son museau contre mon nez.

— Clara, je voulais te reparler d'hier soir, me dit Doc'Mac. Tu as très bien réagi avec ce pauvre chat ! Tu as su gérer son état de choc, tu l'as déplacé avec précaution et tu l'as très rapidement amené ici. Grâce à toi, il aura passé ses derniers instants endormi et sans aucune souffrance.

Malgré tout, on dirait que j'ai de bons réflexes quand je m'occupe des animaux.

— Isabelle m'a dit que tu avais quitté le laboratoire. Est-ce que tu vas revenir travailler avec nous ?

— Vous pensez vraiment que c'est une bonne idée, Doc'Mac ?

— Je sais que tu doutes en ce moment. Tu ne te crois pas capable de soigner des animaux. Laisse-moi te dire que je suis persuadée du contraire. Tu ferais une excellente vétérinaire. Tu possèdes les deux qualités indispensables pour exercer ce métier : une grande compassion pour les animaux et un vrai talent pour les sciences. Clara, écoute-moi bien… tu as le profil idéal !

Doc'Mac sourit et s'éloigne. Une femme vient d'entrer avec un gros iguane en cage.

Sophie me rejoint dans la salle d'attente, elle porte une grande boîte.

— C'est pour toi, Clara, me dit-elle en me tendant le paquet. Michaela l'a déposé ce matin.

C'est un magnifique masque de tigre ! Il est en argile et recouvert d'une fourrure dorée et rayée de noir. Il y a une lettre au fond de la boîte…

Clara,

Ta passion et ton dévouement pour les animaux auront aidé ce pauvre chat noir. Je suis certaine qu'il a senti ta gentillesse. Il y a mille façons d'aider les autres.

Avec toute mon affection,
Michaela

P.-S. : En pensant à toi, j'ai imaginé ce tigre. Je te vois ainsi. J'ai fait ce masque pour toi. J'espère que chaque fois que tu le regarderas, tu penseras à une amie qui croit en toi !

Je sens mon nez me picoter, signe que je vais bientôt pleurer. Je ne suis pas triste, je suis émue par les mots et le cadeau de Michaela. « Il y a mille façons d'aider les autres. » Je repense aux animaux du laboratoire. Eux aussi ont besoin d'aide. Et peut-être que la seule façon de les aider est de leur permettre de ne pas trop souffrir à la fin de leur vie. Je me demande si Julie accepterait de me laisser revenir en stage. Peut-être que je pourrais travailler un jour au laboratoire, un jour à la clinique ?

Je l'appellerai demain pour lui demander.

Mitaines grimpe sur mon épaule. Elle ronronne dans mon oreille.

Je regarde mon masque de tigre. Toute ma vie, je le garderai comme un trésor. Il me rappellera que je suis forte au fond de moi. Maintenant, je sais pour toujours que je suis capable de faire face !

Le meilleur ami de la sorcière

Halloween est le moment idéal pour jouer les fantômes, les monstres ou les sorcières… Et tout le monde sait que les sorcières ont pour meilleur ami… le chat noir ! On les imagine ensemble depuis la nuit des temps. Un mythe grec évoquait déjà Galinthias, une femme transformée en chat. Elle devint une prêtresse d'Hécate, déesse de la Lune et magicienne. Ce mythe a inspiré de nombreuses légendes. Elles racontaient que ces femmes-chats avaient de puissants pouvoirs magiques.

La chasse aux sorcières… et aux chats !

En Angleterre, au VIIe siècle, on pensait que la sorcellerie pouvait provoquer des tempêtes. Les marins prirent l'habitude d'avoir des chats à bord des bateaux pour s'assurer les faveurs des sorcières.

En réalité, les chats étaient très utiles pour attraper les souris et empêcher qu'elles ne s'attaquent aux provisions.

Mais on se mit à penser que les chats pouvaient eux aussi faire de la magie noire. La population entreprit alors de les exterminer !

Vers 1600, il y eut une chasse aux sorcières aux États-Unis. De nombreuses femmes innocentes furent brûlées vives, et leurs chats enfermés dans des paniers puis jetés avec elles sur le bûcher.

Au fil des siècles, les hommes sont devenus moins superstitieux. Pourtant, les chats sont toujours en danger pendant Halloween. Aussi incroyable que cela puisse paraître, il y a encore des personnes qui s'amusent à les martyriser.

Si vous avez un chat, il est recommandé de ne pas le laisser dehors la nuit pendant les deux dernières semaines d'octobre.

Conseils pour la sécurité des animaux pendant Halloween

Attention ! Vos décorations d'Halloween ne doivent pas constituer un danger. Assurez-vous que vos citrouilles se trouvent hors de portée de votre chat. Il risque de vouloir jouer avec les flammes des bougies. Les chats sont si curieux !

Ne donnez pas de bonbons à vos animaux, les papiers pourraient les étouffer. N'oubliez pas que le chocolat est un poison pour de nombreuses espèces.

Gardez vos animaux à la maison. La foule et les costumes peuvent les effrayer.

Ne déguisez pas votre animal de force. S'il résiste, c'est qu'il n'en a pas envie. Vous risquez de le stresser et de lui faire mal. Et si votre animal accepte de se déguiser, assurez-vous que le costume ne l'empêche pas de bouger ou de voir.

Découvre vite un extrait du tome 12 :

LES PETITS VÉTÉRINAIRES

COURSE CONTRE LA MONTRE

CHAPITRE 1

— Salut, Sophie ! Tu travailles à la clinique cet après-midi ? me demande Clara en posant sa main sur mon épaule.

Je me retourne et je vois qu'elle a une toute nouvelle doudoune violette, sa couleur préférée.

— Waouh ! Tu es magnifique, Clara !

Je ne l'avais pas vue s'installer sur le siège juste derrière moi dans le bus. Nous rentrons tard ce soir et il y a une tempête de neige.

À cause des bourrasques, nous avons du mal à parcourir les derniers mètres jusqu'à la clinique vétérinaire de ma grand-mère, le docteur Macore. Clara, Isabelle, David et moi, nous y travaillons comme bénévoles. J'habite avec grand-mère, que tout le monde appelle Doc'Mac, dans la maison qui jouxte la clinique. Et j'adore m'occuper vingt-quatre heures sur vingt-quatre des animaux !

— Pourquoi reviens-tu si tard ? me demande Clara. Tu étais à la bibliothèque ?

— Moi ? À la bibliothèque ? Tu rigoles !

Cette année, je me débrouille mieux au collège grâce à mon professeur de sciences et vie de la Terre. M. Carlson m'a beaucoup aidée à m'organiser, mais je ne suis quand même pas devenue le genre d'élève qui travaille le soir à la bibliothèque !

— Non, je reviens du basket. Tu aurais dû voir ça. Quand l'entraîneur m'a demandé de jouer pivot, Lise est devenue verte de jalousie. Elle m'a donné des coups de coude dès qu'il regardait ailleurs et elle est allée se plaindre que j'étais trop petite pour ce poste-là !

Je fais une boule de neige et je vise au-dessus d'une branche.

— Panier !

— Je crois que Lise jouait déjà pivot dans son ancien collège, me dit Clara.

Même si elle est plus intéressée par les livres que par le basket, elle est au courant que Lise Daubas, la nouvelle, se prend pour une star du basket.

— Tu devrais peut-être te méfier si tu veux garder ta place, ajoute Clara.

Et je vais l'écouter car elle donne toujours de bons conseils !

— Est-ce qu'il y a de nouveaux patients à la clinique ? me demande-t-elle. J'ai dû rater beaucoup de choses pendant les vacances de Noël.

— Aaaaah ! Je t'en supplie. Ne répète pas le mot « vacances » ! Je sais qu'elles sont finies ! Alors, voyons… nous avons en ce moment des chiens et des chatons. Ils sont trop mignons !

Aussitôt, le regard de Clara s'illumine.

— Des chatons ! Combien ?

Clara est une amoureuse des chats. Siamois, persans, de race ou chats de gouttière, elle les adore tous !

— Quatre chatons et un cochon d'Inde nommé Bouly. Il est atteint d'une malocclusion.

— Qu'est-ce que c'est ? Ça a l'air affreux.

— Ses dents ont trop poussé, alors il ne peut plus fermer la bouche. C'est un problème qui touche de nombreux rongeurs. Évidemment, le pauvre Bouly ne peut plus s'alimenter correctement.

— Est-ce que Doc'Mac peut lui limer les dents ? demande Clara.

— Oui, elle a d'ailleurs prévu de l'opérer samedi.

Plus que deux jours au collège et je pourrai passer tout le week-end à aider grand-mère. Je jouerai avec ces adorables chatons et je promènerai les chiens. Ça va être super !

Clara frissonne et resserre son écharpe.

— Eh bien, la clinique affiche complet ! Est-ce que David et Isabelle sont là ?

— David est revenu, mais la famille d'Isabelle a décidé de prolonger d'une semaine son séjour au Costa-Rica. Ils observent les tortues de mer.

Les parents d'Isabelle s'occupent de la rééducation et de la réintégration en milieu naturel d'animaux blessés. C'est vraiment génial. Elle peut aider à protéger des espèces en voie de disparition.

— J'échangerais bien ma place avec la sienne sous les cocotiers ! crie Clara pour se faire entendre malgré le vent.

Arrivées chez moi, nous débarrassons la neige de nos bottes et nous nous précipitons à l'intérieur.

— Waouh ! Il fait presque aussi froid dedans qu'à l'extérieur, s'écrie Clara en enlevant sa doudoune. Elle sort aussitôt un autre pull de son sac à dos.

— Grand-mère ne veut pas chauffer beaucoup la maison quand il n'y a personne. Et comme elle passe toute la journée à la clinique…

J'ai froid et j'ai FAIM ! Après l'entraînement de basket, je serais capable de dîner deux fois ! Dans le réfrigérateur, il n'y a que des yaourts, de la salade et des pommes. Pff! Beaucoup trop diététique!

— Clara, tu veux des céréales?

— Non, merci, j'ai déjà grignoté des gâteaux.

Pendant que j'engloutis un grand bol de céréales bien sucrées, Clara parcourt les revues vétérinaires de grand-mère. Je parierais qu'elle ne lit que les articles sur les chats!

— J'ai terminé. Viens, Clara. Allons voir si grand-mère a besoin de nous.

— Grand-mère?

— Bonjour! nous répond une voix inconnue quand nous entrons dans la salle d'attente.

Une fille aux cheveux bruns frisés s'est installée à la réception. Elle remplit des formulaires. Je ne reconnais pas le bureau. Le désordre habituel a été remplacé par des piles de dossiers bien rangées. Même les stylos sont triés!

— Qui êtes-vous?

Je me demande ce qu'elle fait là, où est grand-mère et surtout quelle va être la réaction de Clara. Ordonner le bureau, c'est en général son travail.

— Je m'appelle Inès Barbosa. Le docteur Macore m'a demandé de l'aider aujourd'hui.

— Pour quoi faire?

Isabelle sera bientôt de retour, David habite juste

de l'autre côté de la rue, et nous, nous sommes là. Nous n'avons pas besoin d'une autre assistante.

— Elle m'a dit que sa petite-fille terminait tard son entraînement de basket et qu'elle avait besoin de quelqu'un pour la remplacer, explique la jeune fille.

— C'est moi, sa petite-fille… Sophie.

C'est incroyable ! On dirait que grand-mère veut que je choisisse : le basket ou la clinique !

— J'ai l'impression de te connaître, Inès, dit Clara. Tu étais dans notre école primaire mais nous n'avons jamais été dans la même classe, n'est-ce pas ? Et tu es venue à la clinique l'année dernière parce que ton canari était malade.

— Oui. Quelle mémoire ! J'ai amené aussi une lapine. Malheureusement, elle est morte cet automne. Elle n'a pas supporté le froid.

Inès a l'air triste pour son lapin, mais aussi flattée que Clara se souvienne d'elle. Maintenant, je la reconnais aussi. Inès était la meilleure de toute l'école à la course. Mais que sait-elle des animaux ?

— Cela fait plaisir de te revoir, lui dit Clara. Je vais aller vérifier le stock de médicaments dans la réserve.

— Veux-tu que je t'aide ?

— Non, merci, j'ai l'habitude !

À ce moment, le docteur Gabriel, qui travaille avec grand-mère, sort de son bureau.

— Salut, les filles ! Alors, comment s'est passé ce premier jour de cours après deux longues semaines de vacances ?

Je grogne et Clara hausse les épaules.

— Affreux à ce point ?

Il éclate de rire et enfile son manteau.

— Vous serez gentilles de prévenir Doc'Mac que je retourne voir la vache qui a vêlé hier.

La veille, il a en effet dû s'occuper d'une naissance assez difficile dans une ferme des environs. Le petit veau se présentait à l'envers.

— Inès, sais-tu où est Doc'Mac ?

— Avec les chatons. Ils avaient des vers et ils ont eu besoin d'un traitement anti-puces de choc. Berk !

Je m'apprête à traverser le couloir pour retrouver grand-mère quand j'entends un véhicule se garer bruyamment devant la clinique. Je vois par la fenêtre une femme descendre d'un pick-up. Son chien la suit en boitant.

Elle sonne. Je veux lui ouvrir la porte, mais Inès se précipite devant moi.

— Puis-je vous aider ? dit-elle tout de suite.

— C'est bien ici, la clinique vétérinaire ?

La femme semble paniquée. Son lévrier tremble comme une feuille.

— Oui, entrez. Votre chien a l'air frigorifié, dis-je.

Alertée par la sonnette, grand-mère fait irruption dans la salle d'attente.

Elle nous salue brièvement et se penche vers le lévrier.

— Quel est son problème ?

— Il a mal à une patte, répond sa maîtresse. Je lui ai fait un bandage.

— Suivez-moi, dit grand-mère. Je vais l'ausculter tout de suite !

En salle d'examen, je veux me laver les mains, mais je m'aperçois qu'il n'y a plus une goutte d'eau chaude.

— Grand-mère, j'ai l'impression que la chaudière ne fonctionne plus.

— Ah, je savais bien qu'on aurait dû la remplacer l'année dernière, dit-elle en soupirant. Va vite installer des chauffages d'appoint pour nos pensionnaires. Et particulièrement pour les chatons !

Clara entre au même instant et grand-mère continue de distribuer ses ordres :

— Bonjour, Clara. Je suis contente que tu sois là ! Il faut que tu aides Sophie à installer les radiateurs. Et dis à Inès d'appeler David… et le chauffagiste.

En même temps, elle a déposé le chien sur la table et ôté le bandage. Elle palpe la patte blessée et le chien se met à gémir.

— Depuis combien de temps souffre-t-il ainsi ?

La femme secoue la tête.

— Une semaine, je pense. Mais je n'en suis pas certaine, ce chien n'est pas vraiment à moi.

Grand-mère fronce les sourcils.

— Je vais prendre une radio. Allez, les filles, dépêchez-vous ! Priorité au chauffage !

Je préférerais cent fois l'aider à soigner le lévrier mais il ne faut pas que les animaux prennent froid, notamment les chatons.

Ouvrage composé par
PCA - 44400 REZÉ

Imprimé en Espagne par:
CPI Black Print
en février 2022
S22183/10

MIXTE
Papier issu de
sources responsables
FSC® C003309
FSC
www.fsc.org

L'éditeur de cet ouvrage s'engage dans une démarche
de certification FSC® qui contribue à la préservation
des forêts pour les générations futures.

Pour en savoir plus :
www.editis.com/engagement-rse/

PKJ • POCKET JEUNESSE
www.pocketjeunesse.fr

92, avenue de France – 75013 Paris